La Mere de Ville,

le Varlet, le Garde-pot, le Garde-nape et le Garde-cul.

LA MERE DE VILLE,

LE VARLET, LE GARDE-POT,

LE GARDE-NAPE ET LE GARDE-CUL.

FARCE NOUELLE A .V. PERSONNAGES,

C'eſt a ſcauoir :

La Mere de Ville,
Le Varlet,
Le Garde-pot,
Le Garde-nape,
Et le Garde-cul.

Se vend place du Louure,
chez Techener, Libraire.

Paris, Typ. A. Pinard, quai Voltaire, 15.

LA MERE DE VILLE,

LE VARLET, LE GARDE-POT,

LE GARDE-NAPE ET LE GARDE-CUL,

a cinq perfonnages.

La merè de Ville commence.

Il n'a rien qui ne s'auenture,
Dict le parmentier bon pilote.
C'eſt par trop mys ie vous aſure
Quant on court apres ſa pelote.
Les vns me nomment mere ſote,
Defpourueue de ſens, peu habille ;
Mais malgre eulx & leur cohorte
Sy ferai-ge mere de ville.
   Ie congnoys les loix de droicture
Vt ſol la mi la & la note.
I'ey regente & faict lecture
A Potiers bonne ville forte ;
Ie fuis viue & non pas morte

I'ey fancte poinct ne fuys debille.
Quelque propos qu'on me raporte
Sy feray-ge mere de ville.

    On dict qu'il y aura murmure
Et en danger qu'on ne me frote,
Ie n'y pretens gain ny ufure
Mais que l'ommage on m'en raporte.
Ie congnoys vn porteur de hote
Vn fifleur pourueu par ftille
D'acord fuys que la tefte on m'ote
Sy ie ne fuys mere de ville.

    Prince que ie face ouuerture
de faifine et iudicature,
et fy ie faulx qu'on me gredille.
Dont fe feroyt contre nature
Sy ie n'eftoys mere de ville.

    Sonfyclet y fault qu'on t'etrille,
Car deuers moy toufiours tu faulx,
On font mynutes & defaulx
Delaictz & leftres de refpit?
De fes oficiers fy defpis
Nouueaulx, tu te faictz decorer
Et peult-eftre les mains dorer;
Sergens tu prens pour leur excufe.

Ie meurs fy ie ne te acufe
En te prefentant à la gayne.
Tu congnoys que i'ey tant de peine
Pour tenir iuftice royalle,
Et tu me mais en interualle
De tous ceulx que ie t'ay nommes.

Le Varlet.

O ! deable ! ie les ay fommes
O l'ont treftous bien con fefes;
O craignent leur partis aduerfes
Comme la galle de fainct Iob.

La Mere de Ville.

Mais ou font y ? il mectent trop,
Y fault que contre toy i'etriue.

Le Varlet.

Mon fauuour ! qu'eftes vous haftiue !
Vous n'aues pet de pacience.
Ne foyes pet caulde en fentence
Se feret pour vous defplacher.
On vous feroyt aler prefcher
Pardon, a la cour fouueraine.

Les oficiers de se demayne,
Venes, au son de la trompille,
Parler a la mere de ville ;
Sur paine d'estre tous forfaictz.

Le Garde-nape entre.

Pugny feray par mes mesaictz
Sy ie fuys trouue variable.
Helas ! qui ie fuys miserable,
Que ie n'ay aquicte mes droictz !
l'ey ofence en mains endroictz
Et sy i'ey mout fauorise
Tant le monde est lors diuise.
Qui peult auoir, lasche, le tierre,
Qu'vne femme se mecte en chaire
Pour adiurer les gardeans ?

Le Varlet.

Entres facilement ceans;
Dame, tenes-vous sus vos gardes.
Vecyne vn de vos nouueaulx gardes
I fault qu'i foyt examine.
C'est quelque maistre domine,
C'est quelque lauour de cullers;

Tant i'ey veu de telz fougoulliers
Eftre mauuais aulx poures gens.

Le Garde-nape.

Dame, le dieu des pafiens
Vous garde de fortune grande !
De coeur a vous me recommande.
Voftre commys nous a fommes
Comme gens tres mal renommes,
Se n'auons faict noftre debuoir.

La Mere de ville.

Vienca a moi, ie veulx fcauoir
De quel eftat eft ton eftrape.

Le Garde-nape.

Ma dame ie fuys garde-nape.

Le Varlet.

Garde-nape !

Le Garde-nape.

Ouy garde-nape.
Ie l'ay gardee cheulx le pape

Cheulx cardinaulx, cheulx leurs eſueſques,
Que cherbons volans ne flameſques
Ne fouillaſent leur ſacre linge.

Le Varlet.

Myeulx te vauldroict garder un ſinge
Sans horeilles, ſans nes ſans coue,
Que cela de quoy tu te loue.
Garde-nape quel eſtat eſſe ?

Le Garde-nape.

Deuant eulx ny tache, ny greſſe,
Ny ordure, ny vilenye,
Veu que leur perſonne eſt benye
Leur coeur ne ſaroyt endurer.

La Mere de ville.

Garde toy bien de pariurer.
Es-tu garde ſy bien ſcauant,
Soyt en buuant ſoyt en mangant,
De les garder de ſaliſſure ?

Le Garde-nape.

A ! ſ'il y a quelque brouillure

Mauuais alieurs eſtrangers,
Pour eſcus peſans ou legers,
Ils vous les font blaus comme fouaches.

La Mere de ville.

Se font laueurs de male taches.
Quelz deſgreſſeurs! a! mes amys
Les abus au monde ſont mys.
Gare le bec pour le heron.

Le Varlet.

Et, men ferment, ſ'il eſt laron
C'on me l'empriſonne a la gaule;
Et c'on me le late & le gaulle
Sy ferme qu'i luy en fouuyenne;
Et que iamais il ne reuienne.

La Mere de ville.

Sans tribut va t'en, ie te prye,
Soulcyclet c'vn aultre on me crye,
Et que ceſtuy ſy ſe ſepare.

Le Varlet.

Ile plus ame qui compare

Soyt de Fompam ou de Caruille,
Venes vers la niere de ville,
Afin que foyes defpefches.

Le Garde-pot.

I'ey tous les peulx du cul drefes,
De craincte & de peur vehemente ;
Car cefte femme qui regente
Et qui tient le lieu de bailifue
Me femble afes vindictatiue;
Mais f'el me debuoyt efcorcher
Sy me fault-il d'elle aprocher,
Quoy qu'elle ayt eu de moy raport
Ie fuys le gardé, garde-pot ;
Ie fuys le garde, garde-efpee,
Ie fuys le garde-bras le fors,
Garde-robe, garde-poupee,
Sy ferale de moy pipee
Sy ie puys, car pour tous tribus
N'aura de moy fin en abus.
Quoy Mathiolus le bigame
A-il permys que vne femme
Tienne fiege & qu'ele prefide !
A ! c'eft par trop lafcher la bride.

G'y voys en peyne qu'el me tue.

Le Varlet.

Voecyne quelque vn qui f'ague;
Vertu bieu qu'il a d'aftiuelle !
C'eft Genim qui de tout fe melle.
Il eft plus dangereulx c'vn leu.
Dame examines le vn peu.
Q ! deable ! il eft gendermatique.

La Mere de ville.

Vienca, dy moy de quel pratique
Tu es, ne me faictz plus le fot.

Le Garde-pot.

Moy ! dame ie fuys le garde-pot,
Garde-robe, garde-poupee,
Garde-bras, aufy garde-efpee,
Garde-boyre et garde-menger.

La Mere de ville.

Tu es gardien eftranger.
Et qui iamais vift de telz gardes ?
Gardes a mons. garde-bombardes.

Garde-efpieulx, garde-alebardes,
Garde-efpee & garde-bras ?
Iamais le vailant Fier-a-bras
N'euft tant de charge que tu as.

Le Varlet.

Il a garde Garguentuas
Quant il trebuca aulx enfers.

La Mere de ville.

Dict dont quelz gens c'eft que tu fers,
Et m'en faictz icy le raport.

Le Garde-pot.

Ie fuys le garde garde-pot
De ma dame Relifion ,
Ie garde que le marmiton
Et la marmite qui eft creufe
Qu'i n'y ayt quelque maleureufe
Perfonne qui la veuille abatre.
Ie faictz acroyre de troys quatre
Et de feing faulxche que c'eft feurre ;
Ie faictz acroyre que le beurre
N'eft poinct bon au poucffon falé.

Ie dix que tel eſt treſſale
Qui eſt plus ſain que moy deboult ;
Et touſiours ma marmite boult,
Iamais ne me ſens de cherte.

La Mere de ville.

Pour eſpargner la verite
Et ſaire du ſaulx le certain,
Tu as touſiours le ventre plain ;
Voela comment pluſieurs en ſont.
Ie m'eſbays que tout ne ſont ;
Au ſort c'eſt le regne qui court
Tant a la ville comme a court.
Se monſieur bien eſt ſoutenu ;
Va-t-en comme tu es venu
N'entre en mon pretoyre iamais.

Le Varlet.

De ceulx qui viendront deformais
N'en prendres-vous nules pecunes ;
De quoy viurons nous donc ? de prunes.
Par la vertu ſaincte Venife !
Se i'auoys vne telle ofice
Comme vous ou telle prebende

Ie les taxeres en amende
Sy fort qu'i feroyent defbauches.
Pou! ales pleurer vos peches
Au fofes de la baftille.

La Mere de ville.

Vne bonne mere de ville
Ne doibt prendre denier aucun
Tant du riche que du commun,
Se n'eft par don d'onneftete.

Le Garde-cul entre.

Ie croys que chafcun a efte
Examyne fors que moy feul;
Me feralle mourir de deuil?
Ferale de mon faict calcul?
Ie fuys ie fuys le Garde cul
Sur toult le fexe feminin.
Doibez craindre d'entrer? nenin;
Car puys qu'el eft mere de ville,
El fcayt bien quant el eftoyt fille
Comme le fien eftoyt garde.
G'y voys tout veu & regarde;
Et dufai-ge eftre a facrage...

Le Varlet.

Vecyne vn demy arage
D'entrer, c'eſt quelque bon payeur ;
Ie croys que nous ſommes en heur
De gens aulx teſtes a l'eſtourdille.

Le Garde-cul.

Ou es qu'eſt la mere de ville ?
Ie veulx vn peu parler a elle.

Le Varlet.

Toult doulx ne foyes ſi rebelle,
Ne faictes du gendermerel ;
Ie vous iugeroys maquerel
A ver voſtre fachon de fere.

Le Garde-cul.

Faict-moy donq parler a la mere
De ville.

Le Varlet.

Qu'eſtes-vous caluroulx !
Et mon ſeigneur deportes-vous

Faire la pourries fammeller.

La Mere de rille.

Qu'effe qui veult a moy parler ?
Soufyclet n'en refufe nul.

Le Varlet.

Qui eftes-vous ?

Le Garde-cul.

Le garde-cul .
Aufy chault que cherbon de forge.

Le Varlet.

Garde-cul ! vertu fainct George !
Garde-cul ! vertu fainct Crefpin !
Vous gardes vn friant lapin
Quant les veneurs font afames ;
Sa fa, iures & afermes
Et veuiles la verite dyre
Sy n'y a fur vous que redire
Ne trembles pas afures-vous.
Or ains efties fy calouroulx
Eftes vous refroydé deifia ?

Le Garde-cul.

Iurer ie ne iureray ga,
l'aymeroys myeulx perdre la veue.

La Mere de ville.

Sufquelz gens faictz-tu ta reueue?
Puys que tu as poleffion
De cefte domination
Quelz droictz te font de droict efcus?

Le Garde-cul.

Ie vous donneray dis es cus,
Ma dame & vne iocondale,
Et que iamais on ne m'en parle
De ceulx dont ie fuys gardeans.

La Mere de ville.

Ma foy! vous le dires ceans,
Deuant que du lieu vous partes.

Le Garde-cul.

Prenes or & vous departes
De l'enquefte que vous me faictes.

Le Varlet.

Eh! ort garde-cul que vous eſtes
Pourquoy ne confeſeres-vous ?
Ie vous pendray par les genoulx
Ou vous mectray a la torture ;
Garde-cul vilain plain d'ordure!
Naurons-nous ia de vous le boult ?

Le Garde-cul.

Pour argent on apaiſe toult.
Prenes mon or & le contes.
Et pour ſe iour vous deportes
Des lieux ou c'eſt que ie viſite.
Parole vault myeulx tue que dicte/
Cela eſt eſcript au decrect.

Le Varlet.

Le garde-cul eſt fort ſegrect;
Ma dame chaſcun le congnoyt
Et pieux, le lieu n'eſt pas trop nect.
Il garde l'ort & gardons l'or.

La Mere de ville.

Eſchape y n'eſt pas encor.

Eſt il pas de faulſe nature
Qui n'acuſe ſa forſaicture,
Qui treuue ſur ſa garderye?

Le Garde-cul.

Deportes-vous ie vous en prye.
Ie donnes ſent couronnes haultes
Et ne vous dementes des faultes.
Laiſes garder qui gardera.

La Mere de ville.

Et qui t'en recompenſera?

Le Garde-cul.

N'ayes foulcy qui ſe ſera;
Cela ne m'eſt pas vne herbete.
Y ne fault c'vne brebiete.
Dieu empraincte d'vn lou feruin
Pour auoir ſent eſcus de vin.

Le Varlet.

N'enqueres pet ou bon vin creuſt;
Car ſur tous eſtas y font grupt.

Le Garde-cul.

Il ne fault c'vne feur fefue
Ayant vouloir eftre panfue
De quelc'vn qui l'ayt regardee,
Alors ie perdroys mes profis.

La Mere de ville.

Ce eft dont la ou tu te fis ?

Le Garde-cul.

Sy ie voys quelque bequerelle
Segrete, g'iray apres elle.
Se fon vouloir vouloys garder
Elle me feroyt defgrader
J'aroys vn licol efpoufe.

La Mere de ville.

Tu es vn garde trop rufe.

Le Garde-cul.

Ses chamberieres de chaloinnes
Dont i'en congnoys quatre douzainnes
S'en vont iouer hors les faulx bours

Pour acomplir leurs plaifans tours.
Et eulx au logis reuenus
Feront des deeffes Venus
Rouges comme poules a fleurs;
Et fy furuient quelque moqueur
Defcroteur de chaulfe ou femelle
Et fy leur dict : monfieur f'en melle,
Que voftre veue eft fy loingtain,
Il l'apelleront fegretain
Et luy diront : grande pecore,
Capelain voftre langue dore.
Dict a monfieur ains qu'i s'ingere
Que tu luy fers de menggere;
tailant vers luy des deulx cotes.
Prenes mon argent & m'otes
Du role, i'ey afes parle.

Le Varlet.

Il deuft auoir le bec felle.
Plus dict en a que ie ne veulx.

La Mere de ville.

Qui recueillera mes aueulx ?
Faictes venir le Garde-nape

Et le Garde-pot qu'i n'echape,
Afin que ie foys afeure
D'eftre en faifine demoure.
Pour lors c'eft la facon commune.
S'yl y a quelque vn ou quelqu'vne
Qui veule ioyfance prendre
D'ofice, on le viendra reprendre,
Difant qu'il n'a pas afes leu
Pour congnoiftre fe mal faict veu.
Donc gardes oues ma fentence
Qui n'eft pas de grand confequence.
Se contre vous ie n'ay peu refifter,
Me cuydes vous garder d'y afifter?
Gardes ingras, efemines de coeur,
En lieu plaifant pour dechafer l'ereur.
S'on me repince & on me tient rigeur
Dictes a ceulx dont leur langue vacile
Que ie ne crains leur cruelle douleur.
Prenes en gre de la Mere de ville;
En prenant conge de ce lieu
Vne chanfon pour dire adieu.

FINIS.